poi   pace !

Stéphane Descornes • Mérel

Nathan

Rachid le timide

Mélanie la chipie

Pacha le chat

Pascale la géniale

Arthur le gros dur

ES-tu prêt pour une nouvelle aventure ? Eh bien, commençons !

Ah, j'y pense : les mots suivis d'un ☼ sont expliqués à la fin de l'histoire.

Mélanie a gagné un grand
concours.
Premier prix: un voyage…
dans l'espace!

D'abord, Gafi et ses amis se posent
sur la Lune. Le décor est magnifique.

Les enfants font des bonds géants.
Ils s'amusent comme des petits fous.

La navette repart, Mélanie prend
les commandes.

– Oh, regardez, une étoile filante!
s'écrie Arthur.

– Je vais la rattraper, décide Mélanie.
Et les voilà qui font la course!

Les planètes défilent. Mars la rouge,
Saturne et ses anneaux… Au loin,
apparaît alors une chose étrange.

Pascale explique :

– Ça, c'est un trou noir ! C'est très
dangereux...

Mélanie n'écoute pas et dit :
– C'est comme un entonnoir,
allez hop !

La navette plonge dans le trou noir !

Qu'y a-t-il au fond
du trou noir ?

Ils se retrouvent dans une autre
galaxie! Pascale est très colère:

– Mélanie, c'est malin !
Comment va-t-on revenir en arrière ?

– Là, une planète, dit Gafi. Allons demander notre chemin !

Hélas, quand ils s'approchent, ils rencontrent une pluie de météorites !

Catastrophe! La navette est touchée…
C'est la chute libre! Mélanie arrive
à les poser de justesse.

Mais où la navette
a-t-elle atterri?

Une sirène hurle et un policier
extraterrestre s'écrie :
– Eh, vous ! Votre navette a pollué
notre ciel !

– Oh pardon ! On a eu une panne
et… s'excuse Gafi.
– Je ne veux pas le savoir ! Allez,
tous en prison !

Ça va mal… Rachid se lamente :

– On est perdus. Et prisonniers !
Je veux rentrer sur Terre !

Soudain… des cris éclatent :

– Le roi Ufo ! Voilà le roi Ufo !

– Ufo? Quelle surprise! s'exclame Gafi.
Car le roi n'est autre que leur vieil
ami l'extraterrestre[1]! Celui-ci ordonne:

– Libérez mes amis!

1- Voir *Le visiteur de l'espace* (*Gafi raconte* n°36)

Gafi décide alors :

– Avant de partir, nous allons nettoyer nos déchets !

Tout le monde se met au travail.

Enfin, Ufo ramène les enfants sur la Terre…
Tout est bien qui finit bien !

c'est fini !

Certains mots sont peut-être difficiles à comprendre. Je vais t'aider !

Entonnoir : instrument en forme de cône qui sert à verser du liquide dans un récipient à ouverture étroite.

Météorite : pierre tombée de l'espace et qui traverse l'atmosphère d'une planète.

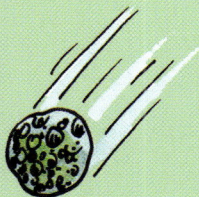

De justesse : de très peu. Lorsque la navette se pose de justesse, cela signifie qu'elle a failli mal atterrir et s'écraser.

Polluer : salir en rendant dangereux et malsain.

AS-TU AIMÉ mon histoire ? JOUONS ensemble, maintenant !

Un petit pas pour l'homme...

Retrouve à qui appartiennent les empreintes de pas laissées sur la planète d'Ufo.

réponse : les empreintes 1 sont à l'extraterrestre vert ; les 2 sont à Pascale ; les 3, à l'extraterrestre tacheté ; les 4, au petit bonhomme rouge.

Lecture spatiale

As-tu bien lu le texte? Quelle phrase est exacte?

1- Les enfants ont vu la planète Mars après avoir vu une étoile filante et un trou noir.

2- Les enfants ont vu la planète Mars après avoir vu une étoile filante et avant de voir un trou noir.

3- Les enfants ont vu une étoile filante, un trou noir et enfin la planète Mars.

réponse : c'est la phrase 2.

La galaxie des jeux

Trouve 5 anomalies dans cette image.

Trouve 4 mots qui commencent par la lettre F.

réponse : les anomalies sont le bateau, le robinet, la fleur, le poisson et l'arbre ; les mots qui commencent par F sont : fusée, flammes, flèche, fleur.

Dans la même collection
Illustrée par Mérel

Je commence à lire

Je lis

Je lis tout seul

Directeur de collection et conseil pédagogique :
Alain Bentolila
Jeux conçus par Georges Rémond

Loi n°49-956 du 16 juillet 1949 sur les publications destinées à la jeunesse, modifiée par la loi n°2011-525 du 17 mai 2011.
© 2011 Éditions NATHAN, SEJER, 25 avenue Pierre de Coubertin, 75013 Paris
ISBN : 978-2-09-252939-3 - N° éditeur : 10205494 - Dépôt légal : janvier 2011
Imprimé en avril 2014 par Loire Offset Titoulet (42900 Saint-Etienne, France)

FSC
MIXTE
Papier issu de sources responsables
FSC® C022030